Böse Buckel
Großer See
Biberdorf
Luss Mo
Großer Dschungel
Drachenhöhlen
Drachenbucht
okosstrand

Ingo Siegner

Der kleine Drache Kokosnuss
Seine ersten Abenteuer

Ingo Siegner

Der kleine Drache Kokosnuss

Seine ersten Abenteuer

cbj

MIX
Papier | Fördert gute Waldnutzung
FSC® C043106
FSC www.fsc.org

Penguin Random House Verlagsgruppe
FSC® N001967

7. Auflage

in der Penguin Random House Verlagsgruppe GmbH,
Neumarkter Str. 28, 81673 München
produktsicherheit@penguinrandomhouse.de
(Vorstehende Angaben sind zugleich Pflichtinformationen nach GPSR)

Umschlagbild und Innenillustrationen: Ingo Siegner
Lektorat: Frauke Reitze
Umschlagkonzeption: basic-book-design, Karl Müller-Bussdorf
Ku · Herstellung: WM
Satz und Reproduktion: Lorenz+Zeller GmbH, Inning a. A.
Druck und Bindung: Grafisches Centrum Cuno GmbH & Co. KG, Calbe
ISBN 978-3-570-17567-5
Printed in Germany

www.cbj-verlag.de
www.drache-kokosnuss.de
www.youtube.com/drachekokosnuss

Inhalt

Erstes Abenteuer

Der Wal Kasimir

Die Erde ist eine Kugel. Eine nicht ganz runde, etwas holperige Kugel allerdings, ungefähr wie ein Kürbis. Auf der Erdkugel gibt es viel Wasser, das sind die Weltmeere. Die Weltmeere sind so riesig, dass die Menschen noch nicht jeden Winkel darin erforscht haben.

So gibt es mitten in den Weltmeeren Inseln, die kaum ein Mensch kennt. Auf einer dieser Inseln leben Wesen, von denen jeder schon gehört oder gelesen hat. Aber gesehen hat sie noch niemand. Das ist die Insel der Drachen.

Auf dieser Insel hat es gerade viele Tage lang geschneit. Alle erwachsenen Feuerdrachen sind zur Sommerinsel in die warme südliche Südsee geflogen. Die Feuerdrachenkinder aber sind zurückgeblieben, denn sie können noch nicht fliegen. Den ganzen Winter über müssen sie in der Drachenflugschule das Fliegen üben.

»Das ist ungerecht!«, hat Kokosnuss protestiert, als er seine Eltern die Reisetaschen packen sah. »Sei nicht traurig, Kokosnüsschen«, entgegnete Mette.
Mette ist die Mutter von Kokosnuss. Und Magnus, sein Vater, sagte tröstend: »So ist das nun mal, wenn man noch nicht fliegen kann. Lerne fliegen, dann kannst du beim nächsten Mal mit zur Sommerinsel.«

Fliegen lernen ist das Schwierigste überhaupt. Der kleine Drache Kokosnuss strengt sich furchtbar an, aber heute schafft er es nur fünf Drachenschritte weit.
Toller Winter, denkt Kokosnuss.

Nach dem Unterricht bei der alten Fluglehrerin Proselinde geht Kokosnuss hinunter zur Bucht. Missmutig lässt er sich in den Schnee fallen. So was Blödes, denkt er: Den ganzen Winter über muss ich hier Fliegen üben, dabei ist es in der südlichen Südsee bestimmt viel schöner! Kokosnuss stellt sich vor, wie warm es dort ist und wie lecker das Eis dort schmeckt.

Lange träumt Kokosnuss so vor sich hin und hat schon fast den Geschmack von Schokoladeneis auf der Drachenzunge, als sich plötzlich das Wasser vor ihm teilt.
Etwas ganz Großes schwimmt direkt auf ihn zu. Kokosnuss erschrickt und macht einen Sprung rückwärts: »Ein Riesenfisch!«, flüstert er.
»Nein, nein«, sagt das große Tier, »ich bin kein Fisch. Ich bin ein Wal.«
»Ein Wal ist doch auch ein Fisch!«, sagt Kokosnuss.

»Aber nein, Fische können unter Wasser atmen. Wir Wale brauchen Luft und müssen deshalb zum Atmen immer auftauchen. Doch wir können die Luft sehr lange anhalten«, sagt der Wal, und dann fügt er hinzu: »Ich heiße Kasimir.«
»Kokosnuss.«
»Wie bitte?«, fragt Kasimir.
»Kokosnuss. So heiße ich.«
»Merkwürdiger Name für einen Drachen.«
»Mein Vater sagt, ich war bei meiner Geburt gerade so groß wie eine Kokosnuss. Deshalb wurde ich so genannt.«
»Ach, so ist das«, sagt Kasimir, und plötzlich wird er ganz traurig: »Sag, Kokosnuss, kannst du mir helfen? Ich komme allein nicht mehr aus der Bucht heraus. Ein Eisberg hat sich vor den Ausgang geschoben.«

Kokosnuss überlegt. Hm, ein Eisberg, hm. Dann schnippt er mit den Fingern und ruft: »Eis und heiß wird Wasser, stimmt's?«

»Äh, ja, stimmt«, antwortet Kasimir, aber so ganz verstanden hat er es nicht.

Schnurstracks marschiert Kokosnuss zu dem Eisberg. Funkelnd und glitzernd wie ein Diamant liegt er im Wasser. Kokosnuss holt tief Luft und speit einen gezielten Feuerstrahl auf das Eis. Sogleich beginnt es zu schmelzen. Zuerst nur ein

paar Tropfen, aber als Kokosnuss noch mehr Feuer speit, fließt immer mehr Wasser vom Eisberg ins Meer, bis nur noch eine kleine Eisscholle übrig ist.
Kasimir strahlt: »Toll, Kokosnuss! Dafür hast du einen Wunsch frei!«
Da muss Kokosnuss nicht lange nachdenken: »Bringst du mich in die südliche Südsee, zur Sommerinsel der Drachen?«
»Hm, wir können es versuchen«, sagt Kasimir. »Stell dich auf meinen Rücken!«
Aber als Kokosnuss mit beiden Füßen auf Kasimirs Rücken steht, macht es blubb, und der Wal geht unter, als wäre er aus Stein.
»Oh!«, ruft Kokosnuss erschrocken und schwimmt ans Ufer zurück.
»So geht es nicht«, sagt Kasimir. »Du bist zu schwer für mich.«
»Geht es dann überhaupt nicht?«, fragt Kokosnuss ganz verzweifelt.
»Lass mich mal überlegen«, sagt Kasimir und taucht ab. Lange bleibt er unter Wasser.

»Ich hab's!« ruft er, als er endlich wieder auftaucht. »Hol ein langes, dickes Seil und zwei Holzstämme! Damit müssten wir es schaffen.«
Kurz darauf steht Kokosnuss wackelig auf zwei Baumstämmen und hält sich an dem Seil fest. Das andere Ende hat sich Kasimir zwischen die Zähne geklemmt.
»Bist du bereit?«, ruft Kasimir. »Achtung, es geht los!« Und er zischt wie eine Wasserrakete aus der Bucht hinaus aufs Meer.
»Juchhu!«, ruft Kokosnuss und hält seine Drachennase in den Wind. »Das macht Spaß!«

Kasimir schwimmt die ganze Nacht hindurch, und als am nächsten Morgen die Sonne aufgeht, erreichen die beiden die Sommerinsel in der südlichen Südsee.
Die großen Drachen liegen am Strand und schlecken Himbeereis zum Frühstück. Plötzlich reiben sie sich die Augen: »Nanu, das ist doch der kleine Kokosnuss! Gibt's doch nicht!«
Gibt es doch! So kommt es, dass zum ersten Mal ein kleiner Feuerdrache den Winter auf der Sommerinsel verbringt.

Zweites Abenteuer

Matilda

Der Große Dschungel liegt nicht weit entfernt von den Höhlen der Drachen. Kokosnuss muss nur ein Stück an der Bucht entlang gehen, und schon steht er vor den riesigen Dschungelbäumen. Die seltsamsten Geräusche dringen aus dem Dschungel: Flöten, Klappern, Krächzen, Kreischen, Pfeifen, Piepsen, Rascheln, Rülpsen, Schleichen, Schlängeln, Singen, Zirpen.
Hm, denkt Kokosnuss, Papa hat gesagt, der Dschungel ist gefährlich. Aber was soll mir schon passieren? Ich kann doch Feuer speien!

Vorsichtig betritt der kleine Drache den Großen Dschungel. Wie grün hier alles ist! Je tiefer er vordringt, desto dunkler wird es. Das Grün

ist so dicht, dass die Sonnenstrahlen nicht bis zum Boden reichen.
Plötzlich aber verstummen alle Geräusche.
Nanu? Alles ist auf einmal so still!
Da ertönt ein furchtbares Gebrüll.
Kokosnuss zuckt zusammen. Wieder Gebrüll, diesmal ganz nahe. Es raschelt im Unterholz und ein großer Tiger springt heraus. Kokosnuss stockt der Atem.
Der Tiger herrscht den kleinen Drachen an: »Was willst du hier? Das ist mein Revier! Wenn ich dich noch einmal hier sehe, dann fress ich dich auf!«
Und so plötzlich wie er gekommen ist, verschwindet der Tiger wieder im dunklen Dschungelgrün.

Kokosnuss zittert wie Wackelpudding. So was Dummes! Dabei ist er doch ein unbesiegbarer Feuerdrache und dieser Tiger ist nur ein blöder Tiger!
Jetzt knurrt ihm auch noch der Magen, und so macht er sich auf den Rückweg. Aber wo ist der Rückweg? Alles sieht gleich aus. Grün, grün und noch mal grün. Also marschiert Kokosnuss einfach los, immer durch das Grün hindurch. Doch so sehr er auch sucht, er findet nicht aus dem Großen Dschungel heraus. Erschöpft setzt sich Kokosnuss unter einen Baum.
Was, wenn ich hier gar nicht wieder herausfinde?, denkt er. Plötzlich ist da ein dicker Kloß in seinem Hals, und wie ein unbesiegbarer

Feuerdrache fühlt er sich auch nicht mehr. Eher wie ein kleines Häufchen Drachenelend.
Auf einmal hört Kokosnuss Hilferufe: »Hilfe! Quiik! Hilfe!«
Der kleine Drache springt auf und läuft in die Richtung, aus der die Rufe kommen.
Da erblickt er eine große Würgeschlange. Sie hält ein kleines Stachelschwein umschlungen und will es fressen.
Als die Schlange Kokosnuss bemerkt, zischt sie: »Hau ab, du Drachenfurz!«
Da wird Kokosnuss wirklich wütend. Er holt tief Luft und speit einen Feuerstrahl genau auf den dicken Schlangenkörper. Die Schlange kreischt auf, wirbelt im Kreis herum und flüchtet sich ins Gebüsch.

Das Stachelschwein aber plumpst auf die Erde und ruft: »Cool! Ein unbesiegbarer Feuerdrache!« Kokosnuss wird ganz rot und sagt: »Unbesiegbar bin ich aber nicht.«
»Aber du hast gerade die große Würgeschlange in die Flucht geschlagen!«
Jetzt ist Kokosnuss so rot wie eine reife Tomate. Das Stachelschwein aber reicht ihm die Hand:
»Ich bin Matilda!«
»Ich bin Kokosnuss«, sagt der kleine Drache und schlägt ein.
»Sag, Matilda, vielleicht kannst du mir auch helfen. Weißt du den Weg zur Drachenbucht?«
»Ha! Nichts leichter als das!«, sagt Matilda und marschiert schnurstracks drauflos. So flink, dass Kokosnuss sich beeilen muss, um ihr zu folgen. Und wirklich – bereits nach kurzer Zeit liegt die Drachenbucht vor ihnen, und am anderen Ende der Bucht sieht Kokosnuss schon die Drachenhöhlen, sein Zuhause.
»Sehen wir uns mal wieder?«, fragt Matilda.
»Bestimmt!«, antwortet Kokosnuss.

Und er hat Recht, denn wenn einer einem anderen das Leben rettet, gibt es immer ein Wiedersehen.

Drittes Abenteuer

Das Geheimnis

Eines Tages dringen merkwürdige Geräusche von der Felsenklippe der Dracheninsel. Neugierig strömen die Drachen herbei. Da sehen sie Kokosnuss und Matilda. Die beiden bauen einen seltsamen Turm.

»Was baut ihr denn da?«, fragen die Eltern von Kokosnuss, Mette und Magnus.

»Das ist ein Geheimnis«, sagt Kokosnuss.

Doch um was für ein Geheimnis es sich handelt, das sagt er nicht, denn ein Geheimnis ist geheim.

Bald ist der Turm fertig. Er besteht aus alten Brettern und Türen, einer Schiffsluke und einem alten Kühlschrank, aus lauter Blech und krummen Rohren. Und auf der Spitze steckt eine umgedrehte Badewanne. Was soll das sein?
»Jetzt ist aber Schluss mit der Geheimniskrämerei!«, sagt Mette. »Was heckt ihr beiden eigentlich aus?«
»Wir fliegen zum Mond!«, antwortet Kokosnuss.
»Zum Mond?« Magnus guckt, als hätte er sich an einer gerösteten Kokosnuss verschluckt.
»Mit einer richtigen Rakete!«, sagt Matilda.
»Heute Abend geht es los«, erklärt Kokosnuss stolz. »Kommt ihr zum Winken?«

Und noch bevor Magnus und Mette antworten können, sind der kleine Drache und das Stachelschwein schon in der Drachenhöhle verschwunden, um ihre Astronauten-Helme zu holen.
Die Nachricht breitet sich aus wie ein Lauffeuer: Kokosnuss und Matilda wollen zum Mond fliegen! Bald wimmelt es auf der Klippe von Zuschauern. Auch Magnus und Mette und Matildas Eltern sind gekommen.
»Was für ein seltsamer Turm!«, sagt ein Elefant.
»Das ist kein Turm«, erwidert ein Frosch. »Das ist eine Mondrakete. Das sehe ich doch gleich.«
Frösche verstehen etwas von Raketen.
»Sie hat ja richtige Startdüsen!«, staunt ein anderer Frosch.

Eine Mondrakete, die von einem Drachen und einem Stachelschwein erbaut wurde – hat man so was schon gesehen?
In diesem Augenblick ertönt ein lauter Knall. Die Rakete beginnt zu zittern. Weißer Qualm quillt aus den Startdüsen, so viel, bis die Rakete nicht mehr zu sehen ist. Dabei zischt, kracht, bollert, dröhnt, wummert und rumort es, als führen hundert Trecker gleichzeitig um die Wette. Es wird immer lauter und lauter und plötzlich steigt der Qualm in den Himmel.
»Sie hebt ab!«, ruft ein Frosch aufgeregt.
Und tatsächlich: Langsam steigt die Rakete vom Boden auf und zittert dabei wie eine alte Blechdose während eines Erdbebens.

Bauknecht

Höher und höher steigt sie, jetzt schon zwei Feuerdrachen hoch. Die Tiere unten auf der Klippe trauen ihren Augen nicht.
Doch was passiert jetzt?
Der Raketenmotor heult auf wie eine altersschwache Feuersirene. Immer lauter heult er. Plötzlich bleibt die Rakete stehen – mitten in der Luft. So als ob sie keine Lust mehr hätte weiterzufliegen. Dann sinkt die Rakete wieder zur Erde zurück – erst ganz langsam, und dann fällt sie immer schneller rückwärts vom Himmel.
»Achtung!«, kreischen die Zuschauer. »Sie stürzt ab! Rette sich, wer kann!«
Alle rennen wild durcheinander. Die Drachen stolpern über die Holunderbüsche, die Elefanten über die Hasen, die Stachelschweine über die Maulwürfe, und dazwischen hüpfen Tausende kleiner Frösche wie Gummibälle auf und ab und versuchen zu entkommen.
KRAWUMM!!!
Mit einem lauten Knall scheppert die Rakete auf die Klippe.

Mit einem Mal ist es ganz still. Als der Rauch sich verzogen hat, öffnet sich die Raketenluke und ein rußgeschwärzter Kokosnuss schaut heraus.

»Hm«, brummt er enttäuscht, »irgendeine Düse war wohl nicht ganz in Ordnung.«
Da erscheint ein kleines rußgeschwärztes Stachelschwein in der Lukenöffnung und ruft:
»Aber sonst hat alles funktioniert!«

Zuerst sagt niemand einen Ton, aber dann ruft ein Frosch aus der hinteren Reihe: »Bravo!« »Bravo, Matilda!«, rufen zwei Stachelschweine. »Bravo, Kokosnuss!«, rufen Mette und Magnus. Schließlich rufen alle: »Bravo, Kokosnuss und Matilda!«

Mit der Reise zum Mond hat es also nicht geklappt. Aber ein Stück geflogen ist die Rakete doch, und das soll erst mal einer nachmachen! Und außerdem steht von diesem Tag an auf der Klippe der Dracheninsel ein richtiger kleiner Raketenleuchtturm.

Viertes Abenteuer

Der Zauberer Ziegenbart

Einmal, an einem Sommerabend, erzählt der große Meeresdrache Amadeus der kleinen Matilda Geschichten aus dem Meer. Amadeus und Matilda sind gute Freunde. Sie haben sogar ein eigenes Geheimzeichen: Wenn Matilda mit ihrem Stachelschwanz rasselt, taucht Amadeus aus den Tiefen des Meeres auf.

Heute kann Amadeus nicht zu Ende erzählen, denn Kokosnuss kommt angerannt. Er ist aufgeregt wie ein ganzer Hühnerhaufen und ruft atemlos: »Ein Piratenschiff liegt in der Bucht!«

Ein Piratenschiff! Matilda springt auf und folgt Kokosnuss zur Bucht hinüber. Amadeus aber taucht hinab ins Meer, denn er mag keine Schiffe, schon gar keine Piratenschiffe.

In der Bucht brennen zwei Lagerfeuer. Vorsichtig schleichen Kokosnuss und Matilda sich an. An einem der Feuer sitzen die Piraten. Es sind

finstere Gesellen mit Tüchern um den Kopf und Messern in den Gürteln.
An dem anderen Feuer sitzt eine einzelne Gestalt mit einem spitzen Hut und einem Ziegenbart.
»Seltsam«, murmelt Kokosnuss. »Lass uns mal lauschen! Vielleicht hören wir etwas Interessantes.«
Vorsichtig kriechen die beiden näher heran.
»Hähähä…«, krächzt ein besonders dicker Pirat.
»Bald geht uns ein Feuerdrache in die Falle.
Dann ist Ziegenbart der größte Zauberer der sieben Meere!«
Ein Zauberer? Eine Falle? Kokosnuss fährt der Schreck in die Drachenknie. Auch Matilda ist ganz starr vor Angst. Schnell blicken sie sich um, doch es ist zu spät: Schon zischt ein Fangnetz hervor und schlingt sich fest um ihn und Matilda.

Da ertönt die
Stimme des Zauberers
Ziegenbart:

»Was ist mir da ins Netz gegangen?
Was hab ich mir da eingefangen?
Ein Feuerdrach, ein schönes Tier,
wart nur, bis ich dich dressier!
Bald flieg ich auf dir durch die Welt,
dann tust du nur, was mir gefällt,
und wenn ich will, dann speist du Feuer,
gehörst jetzt mir, du Ungeheuer!«

Kokosnuss versucht, das Netz mit einem Feuerstrahl zu zertrennen, doch – oh weh! – das Netz bleibt heil, es ist verzaubert.
Der Zauberer aber grinst und befiehlt:

»Steckt das kleine Stachelschwein
in das große Fass hinein!
Heut Abend kann ich es noch brauchen
und in meinen Kessel tauchen.«

Die Piraten sperren Matilda in ein Fass und bringen sie auf das Schiff. Das Netz mit Kokosnuss darin schleppen sie auf ein Floß, das am Schiff festgebunden ist.
Als der Mond oben am Himmel steht, feiern und tanzen die Piraten und singen ihr berühmtes Piratenlied:

»Wir lagen vor Madagaskar
und hatten ein Fest an Bord,
in den Kesseln da kochte Zahnpasta
und keiner glaubte uns ein Wort!«

Der Zauberer Ziegenbart aber rührt während-
dessen in einem Kessel und murmelt:

»Lecker, lecker Schweinebraten,
kann jetzt nicht mehr länger warten.
Kommst hinein in meinen Topf,
erst der Schwanz und dann der Kopf!«

Matilda schreit: »Hilfe, Kokosnuss!«
»Matilda!«, ruft Kokosnuss. »Klappere mit deinem Schwanz!«
Warum das denn?, denkt Matilda.

Doch da hat der Zauberer sie schon aus dem Fass gezogen. Matilda klappert mit ihrem Schwanz so laut sie kann.
»Schaut mal!«, lachen die Piraten. »Es klappert vor Angst!«
Plötzlich hebt eine große Woge das Schiff in die Höhe. Wie Murmeln kullern die Piraten über das Bootsdeck. Der riesige Meeresdrache Amadeus erhebt sich aus dem Meer.
»Rette sich wer kann!«, schreien die Piraten. Ziegenbart lässt Matilda los und springt über Bord, denn Amadeus ist so riesig, dass auch ein Zauberer nichts gegen ihn ausrichten kann. Amadeus setzt Matilda vorsichtig auf das Floß und befreit Kokosnuss aus dem Fangnetz. Puh! Das war Rettung im letzten Moment.
Die Piraten rudern im Rettungsboot davon, so schnell sie nur können. Und der Zauberer Ziegenbart ... ja, wo steckt der eigentlich?

Fünftes Abenteuer

Durch die Wüste

Amadeus schiebt gerade das Floß mit Kokosnuss und Matilda an den Strand, als der Schatten eines spitzen Hutes auf das Stachelschwein fällt. Der Zauberer Ziegenbart! Wo kommt denn der bloß so schnell wieder her?

Kokosnuss und Matilda springen erschrocken auf und wollen wegrennen, doch es ist zu spät. Wütend zeigt Ziegenbart mit seinem Zauberstab auf Matilda und ruft:

»Du hast mit deinem Klappern
den Meeresdrachen gerufen –
dafür werd ich dich verfluchen!
Wurzelhalm und Tannenzweig,
Zuckerrübe, Blätterteig,
eins, zwei, drei, das Stachelschwein
vier, fünf, sechs, ist nun ein Stein!«

Da packt Amadeus den Zauberer zornig am Kragen und schleudert ihn mit aller Kraft auf das Meer hinaus.
»Den sehen wir so schnell nicht wieder«, brummt der Meeresdrache.
»Sieh mal!«, sagt Kokosnuss. »Matilda ist ganz aus Stein!«
Oh weh! Ziegenbart hat die kleine Matilda wirklich zu Stein verzaubert. Kokosnuss hat plötzlich einen Kloß im Hals und aus Amadeus' Augen kullern Tränen so groß wie Luftschiffe. Arme kleine Matilda!
Kokosnuss denkt angestrengt nach. »Wir müssen jemanden finden, der zaubern kann.«, sagt er. Und dann fällt es ihm ein: »Rubinia!«
»Die Hexe?«, fragt Amadeus verwundert. »Aber die lebt doch mitten in der Wüste!«
Amadeus hat Recht. Nicht einmal Flugdrachen trauen sich in die Wüste, denn sie fürchten sich sehr vor dem Verdursten.
Doch Kokosnuss hat eine Idee. Er nimmt die kleine Stein-Matilda vorsichtig in den Arm,

verabschiedet sich von Amadeus und marschiert schnurstracks zur Werkstatthöhle. Eine Nacht und einen Tag lang ertönt von dort lautes Hämmern und Sägen. Dann schiebt Kokosnuss ein richtiges Wüstengefährt aus der Höhle: ein Floß auf Rädern, mit einem großen Segel und einem Propeller, der mit Fußpedalen angetrieben wird. Am Segelmast hängt eine Laterne und am Heck sind zwei Fässer voll Wasser angebracht. Kokosnuss bindet Matilda gut fest. Dann, als die Sonne untergegangen ist, schwingt er sich auf den Pilotensitz und tritt kräftig in die Pedale.

Viele Stunden lang lenkt der kleine Drache das Gefährt durch die Dünen der Großen Wüste. Mitten in der Nacht stößt er auf den Fluß Mo. Am Ufer wachsen unzählige Orangen- und Zitronenbäume. Und da Kokosnuss inzwischen großen Hunger hat, verschlingt er mindestens hundert Früchte. Mit Schale natürlich, denn Drachen lieben Obstschalen.

Schließlich sieht er in der Ferne den Hexenwald. Kokosnuss hält an. Im fahlen Mondlicht erkennt er sogar den Hexenturm, der sich aus dem Wald erhebt.

Doch plötzlich ertönt ein dumpfes Grollen. Erschrocken blickt der kleine Drache zum Himmel. Über ihm zieht tiefschwarz ein Sturm herauf. Gerade will Kokosnuss das Segel einziehen, als sich ein ohrenbetäubendes Heulen erhebt.

Millionen winziger Sandkörner wirbeln durch die Luft und mit einem Mal wird das Wüstengefährt emporgehoben. Mit aller Kraft hält Kokosnuss sich fest. Hoch hinauf wird das Gefährt getragen und wie ein Spielball durch die Luft geschaukelt. Dann aber lässt der Sturm es fallen und verzieht sich so schnell, wie er gekommen ist. Das Wüstenfahrzeug kracht zu Boden und Kokosnuss wird es schwarz vor Augen.

Sechstes Abenteuer

Die Hexe Rubinia

Als Kokosnuss aufwacht, ist es heller Tag. Schnell schaut er nach Matilda. Ein Glück, sie ist noch da! Aber das Wüstengefährt ist zerborsten. Und seltsam: Es schaukelt hin und her. Alles schaukelt hin und her, auch er selbst. Da sieht er, dass sie auf den Wipfeln eines Baumes gelandet sind. Der Hexenwald, durchfährt es Kokosnuss. Plötzlich hört er eine Stimme: »Was willst du hier? Ich mag keinen Besuch!«
Erschrocken blickt der kleine Drache sich um. Vor ihm ragt der Hexenturm aus den Baumwipfeln, und vom Turm herab schaut grimmig die dicke Hexe Rubinia. Sie hat rote lockige Haare und steckt in einem geblümten Kleid.
»Meine beste Freundin Matilda wurde von dem Zauberer Ziegenbart versteinert«, antwortet Kokosnuss. »Könntest du sie bitte wieder lebendig zaubern?«

»Warum sollte ich?«, fragt Rubinia.
»Na ja, Matilda ist ein ganz tolles Stachelschwein, und lebendig ist sie einfach viel lustiger als versteinert.«
»Was geht mich das an?«, brummt Rubinia.
So was, denkt Kokosnuss. Die ist aber grummelig. Da hat er eine Idee: »Und wenn ich dir das Feuerspeien beibringe?«
Die Hexe überlegt ein Weilchen. Dann sagt sie: »Na gut, ich helfe dir! Aber zuerst Feuerspeien und dann die Hexerei!«
Sie schnippt mit den Fingern und murmelt ein paar Worte, die Kokosnuss nicht versteht. Da erscheint ein dickes Tau im Turmfenster. Es schlängelt sich durch die Luft bis zu Kokosnuss' Wüstenfahrzeug.

»Komm herüber, kleiner Drache!«, ruft Rubinia. Kokosnuss nimmt all seinen Mut zusammen und balanciert mit Matilda im Arm hinüber zum Hexenturm. Nicht ein einziges Mal schaut er hinunter, denn dann würde ihm garantiert schwindelig.

»Willkommen, kleiner Drache«, ruft Rubinia ihm entgegen.

Einer Hexe das Feuerspeien beizubringen, ist nicht gerade einfach. Rubinia hat ja nicht einmal eine Grundausbildung. Sie muss die einfachsten Dinge lernen: Luftschlucken, Zungenrollen, Zähneknirschen, Ohrenwackeln – einfach alles! Doch sie ist eine gelehrige Schülerin und am Abend kann sie beinahe so gut Feuer speien wie ein Feuerdrache.

»Jetzt bin ich müde wie ein Bettvorleger«, gähnt die Hexe. »Um deine Freundin kümmere ich mich morgen.«

»Gleich morgen Früh?«, fragt Kokosnuss.

»Gleich morgen Früh«, verspricht Rubinia, gähnt ein weiteres Mal und schläft auch schon.

Am nächsten Morgen setzt sie sich mit einem superdicken Hexenbuch in ihren Sessel und studiert Rückversteinerungszauberei.

Am Mittag ruft sie: »Alles klar! Stell Matilda auf den Küchentisch!«

Die Hexenküche ist der wichtigste Raum im Hexenturm, denn hier lagert alles, was Rubinia zum Hexen braucht: frittierte Fliegenfühler, gebratene Käferkrallen, eingelegte Regenwürmer, gezuckerte Schlangenzungen, Blutegel in Pfefferminzsoße und vielerlei mehr.
Rubinia wirft alle möglichen seltsamen Dinge in den Hexenkessel. Dabei murmelt sie:

»Kieselsteine, Schlangenzahn,
Mäuseschwanz und Lebertran,
noch ein Stück vom Küchenschrank,
fertig ist der Zaubertrank!«

Im Kessel knistert es bedrohlich. Rubinia nimmt eine Kelle voll Zaubertrank aus dem Kessel und schüttet ihn über der Stein-Matilda aus. Dabei murmelt sie:

»Eins, zwei, drei, Rakete,
vier, fünf, sechs, mit Knete
wird aus Stein
ein Stachelschwein!«

Kokosnuss hält den Atem an. Doch nichts tut sich. Matilda bleibt versteinert.
»Wird aus Stein ein Stachelschwein!«, schreit Rubinia und knallt voll Zorn die Kelle auf die kleine Stein-Matilda.
»Aua!«, ruft Matilda.
Das steinerne Grau verschwindet und die kleine Matilda wird wieder zu einem lebendigen Stachelschwein. Kokosnuss fällt ein Stein vom Herzen und vor Freude gibt er Matilda einen dicken Schmatzknutscher.

Auch Matilda ist froh, dass sie kein Stein mehr ist, denn als Stein, soviel steht fest, ist das Leben doch recht langweilig. Jedenfalls für ein Stachelschwein.

Den ganzen Tag lang feiern die drei. Aber gegen Abend wird Kokosnuss plötzlich sehr nachdenklich.

»Ich frage mich, wie wir wieder nach Hause kommen«, überlegt er laut. »Das Wüstenfahrzeug ist nicht mehr fahrtüchtig.«

»Da mach dir mal keine Sorgen«, kichert Rubinia. »Ihr werdet so schnell sein wie der Wind. Kommt mit, ich zeig euch was!«

Kokosnuss und Matilda folgen Rubinia in die Dachkammer des Hexenturmes.
Die Hexe schwingt ihren Zauberstab und ruft:

»Schnipp-schnapp-schnauf,
Dach klapp auf!«

Quietschend öffnet sich das Dach und der funkelnde Sternenhimmel erscheint. Auf dem Dachboden steht eine schwere schwarze Kanone. Rubinia dreht sie in Richtung Drachenbucht.
»So, alles einsteigen!«, kichert die Hexe.
Ängstlich steigen Kokosnuss und Matilda in das schwarze Kanonenrohr hinein. Rubinia holt sehr tief Luft und pustet einen Feuerstrahl gegen die Kanonenlunte. Es zischt und knistert. Kokosnuss und Matilda schließen die Augen ganz fest und halten die Luft an. Dann gibt es einen lauten Knall und HUI fliegen sie in den Nachthimmel hinein.

»Juchhuu!«, ruft Matilda.
»Juchhee!«, ruft Kokosnuss.
»Wir fliegen!«
Unter ihnen flitzt die große Wüste wie eine Rakete hinweg, bald überqueren sie die Drachenberge, und da ist schon die Drachenbucht. Kokosnuss und Matilda öffnen die Fallschirme, die Rubinia ihnen mitgegeben hat. Langsam segeln die beiden Abenteurer dem Meer entgegen.
»Kokosnuss,« ruft Matilda besorgt, »so weit kann ich gar nicht schwimmen!«
»Glaubst du, ich?« Aber dann hat Kokosnuss die rettende Idee: »Matilda, rassel einfach wieder mit deinem Schwanz!«
Das kleine Stachelschwein hat verstanden und rasselt mit aller Kraft. Und gerade als sie nur noch eine mittlere Feuerdrachenlänge von der Wasseroberfläche entfernt sind, erhebt sich der mächtige Kopf von Amadeus aus dem Wasser.
»Matilda!«, ruft er und schüttelt sich vor Freude, dass das Meer Wellen schlägt, so hoch wie die

höchsten Bäume im Großen Dschungel. »Aber wo kommt ihr denn her?«
Doch bevor Kokosnuss und Matilda die ganze Geschichte von der Durchquerung der Wüste, vom Hexenturm, von der dicken Hexe Rubinia und von ihrem rasend schnellen Rückflug erzählen, landen sie erst einmal genau auf dem Kopf des Meeresdrachen und lassen sich in aller Ruhe von ihm in die Drachenbucht zurückbringen.

Siebtes Abenteuer

Das Höhlenungeheuer

In den Bergen hinter dem See, so erzählen sich die Drachen, wohnt ein schreckliches Ungeheuer in einer Höhle. Am Tage schläft es, nachts jedoch kommt es heraus und frisst jeden, den es erblickt. Es stinkt fürchterlich und ist so groß wie tausend Kühe. Die Drachen machen einen großen Bogen um die Berge, die die Bösen Buckel heißen.

»Hast du das Höhlenungeheuer schon einmal gesehen?«, fragt Kokosnuss seinen Vater.

»Träumst du? Da fall ich ja glatt tot um!«, sagt Magnus und berichtet, dass das Ungeheuer einmal hundert Fressdrachen auf einen Happs gefressen hat und zum Nachtisch noch fünfzig kleine Springdrachen mit Sahne.

Darüber muß Kokosnuss lange nachdenken. Das kann doch gar nicht sein – hundert Fressdrachen auf einen Schlag!, denkt er. Das kann er jemand anderem erzählen. Morgen früh frag ich Matilda, ob sie mit mir zu den Bösen Buckeln kommt.

Am nächsten Morgen trifft Kokosnuss Matilda am Rand des Dschungels.
»Hast du Lust auf eine kleine Forschungsreise? Dauert nur drei Tage oder so«, sagt Kokosnuss.
»Wohin denn?«, fragt Matilda.

»Och, ich wollte mal zu den Bösen Buckeln hinter dem Großen See. Dort soll es ganz schön sein.«

»Zu den Bösen Buckeln?«, ruft Matilda entsetzt. »Ohne mich!«

Aber Kokosnuss erklärt ihr, dass es tagsüber völlig ungefährlich ist, weil doch das Höhlenungeheuer nur nachts aus seiner Höhle kommt. »Wir schleichen uns in die Höhle, gucken es uns kurz an und schleichen wieder hinaus – ganz einfach!«, sagt Kokosnuss. »Eine Höhlenlampe habe ich auch schon besorgt.«

»Also gut, ich komme mit«, sagt Matilda, die jetzt doch neugierig geworden ist.

Bald darauf ist der Bollerwagen mit der Ausrüstung gepackt. Eine Höhlenlampe, eine Machete, Schlafdecken, Wäscheklammern, einige Kokosnüsse und ein paar Wurzelknollen für Matilda sind dabei.

Eine Machete ist ein langes Buschmesser.

Am nächsten Morgen lassen sie sich von dem singenden Kapitän Herrn Biber über den Großen See fahren.
Am anderen Ufer angekommen, bedanken sich Matilda und Kokosnuss und machen sich auf den Weg durch die Bösen Buckel.
So böse sehen die Buckel gar nicht aus, denkt Matilda. Eigentlich sind sie richtig schön. Ganz bunt und voll blühender Blumen. Sie sollten Bunte Buckel heißen.
»Hier riecht es aber seltsam«, sagt Matilda plötzlich und rümpft die Nase.

»Immer dem Geruch nach«, sagt Kokosnuss aufgeregt.
Der seltsame Geruch wird immer stärker.
Die beiden folgen noch eine ganze Weile dem Gestank, bis schließlich der Eingang zu einer riesigen Höhle vor ihnen liegt.
»Das muss die Höhle des Ungeheuers sein«, flüstert Kokosnuss. Matildas Knie zittern plötzlich wie Wackelpudding. Ängstlich springt sie auf Kokosnuss' Rücken.
»Halt dich gut fest«, sagt der kleine Drache. Er nimmt die Machete in die eine und die Höhlenlampe in die andere Hand. Er klemmt sich eine Wäscheklammer auf die Nase und reicht auch der zitternden Matilda eine. Dann schleicht er auf Zehenspitzen in die Höhle hinein. Immer tiefer dringen sie vor, bis sie das Schnarchen des Ungeheuers hören. Da bekommt auch Kokosnuss weiche Knie.

Das Schnarchen wird immer lauter, und plötzlich stehen sie in einem riesigen Gewölbe. Und dort, mittendrin im Gewölbe, da sehen sie es: das Höhlenungeheuer!
Matilda und Kokosnuss halten den Atem an. Das Ungeheuer sieht aus wie ein großer Berg voll Zotteln mit einem großen Maul und einem langen Schwanz. Da kitzelt die Wäscheklammer Matilda auf einmal sehr an der Nase, und gerade, als ein Riesenschnarcher zu Ende ist, muss Matilda niesen: »Hapschü!«

Oh weh! – Das Höhlenungeheuer zuckt zusammen und wacht auf.
Kokosnuss und Matilda erstarren vor Schreck.
Die riesigen Augen des Ungeheuers blicken sie an. Doch plötzlich springt das Ungeheuer entsetzt bis an die hinterste Höhlenwand.
Zitternd bleibt es dort hocken und schaut ängstlich zu den beiden kleinen Besuchern hinüber.
Matilda wundert sich sehr, dass das Untier sie nicht schon längst gefressen hat, und Kokosnuss merkt, dass das Ungeheuer gerade ungeheuer Angst hat.
Der kleine Drache räuspert sich und sagt: »Wir wollten Sie gar nicht erschrecken, Herr, äh, Herr Höhlenungeheuer. Nur besuchen wollten wir Sie.«
»Wir sind nämlich Höhlenforscher«, sagt Matilda.
Da räuspert sich auch das Ungeheuer und sagt: »Ich heiße gar nicht Höhlenungeheuer. Ich heiße Balduin.«
»Ich bin Kokosnuss und dies ist Matilda«, erwidert Kokosnuss.

»Sehr erfreut«, sagt Balduin. »Ich bekomme sehr selten Besuch. Deshalb habe ich mich ein wenig erschreckt.«
»Warum bekommst du denn so selten Besuch?«, fragt Kokosnuss.
»Ehrlich gesagt, weil alle denken, ich sei ein furchtbares Ungeheuer. Dabei fresse ich doch nur Nüsse und Beeren.«
»Du frisst keine Tiere?«, fragt Matilda erstaunt.
»Tiere? Igittigitt!«, antwortet Balduin und schüttelt sich.
Da hat Kokosnuss eine Idee: »Komm doch mit uns in die Drachenbucht! Heute ist Suppenfest und es gibt prima Suppe!«
»Meinst du das ernst?«, fragt Balduin.
»Na klar, wir laden dich ein!«, antwortet der kleine Drache.
Balduin kann es kaum glauben. Noch nie in seinem Ungeheuerleben wurde er zu einem Fest eingeladen! Schnell holt er seine Sonnenbrille, weil er ja höchstens das Mondlicht gewohnt ist, und die drei machen sich fröhlich auf den Weg.

Am Großen See nehmen sie ein langes Bad. Danach stinkt Balduin kein bisschen mehr!

»Herr Biber«, ruft Kokosnuss dann, »fahren Sie uns zurück?«

Aber Herr Biber rührt sich nicht vom Fleck.

»Das ist Herr Balduin, er ist überhaupt nicht gefährlich.«, ruft Kokosnuss. Doch Herr Biber bewegt sich immer noch nicht.

»Er frisst nur Johannisbeeren!«, ruft Matilda, so laut sie kann.

Da fasst sich Herr Biber endlich ein Herz und kommt näher.

»Bitte einsteigen, Herr Balduin«, sagt er.

Und dann legt die Fähre ab.

Doch als Kokosnuss und Matilda mit Balduin auf dem Suppenplatz eintreffen, klettern die Drachen erschrocken auf die Bäume.
»Ein Riesenungeheuer!«, rufen sie, denn Balduin ist dreimal so groß wie ein Feuerdrache, also sehr, sehr groß.
Dann aber merken sie, dass Balduin gar nicht so schrecklich ist, eigentlich nämlich überhaupt nicht schrecklich. Ja, er ist sogar das Gegenteil von schrecklich. Balduin ist das liebste Ungeheuer auf der ganzen Welt.
Und deshalb wird es das schönste Suppenfest, das sie je gefeiert haben.

Foto: privat

Ingo Siegner, 1965 geboren, wuchs in Großburgwedel auf. Schon als Kind erfand er gerne Geschichten. Später brachte er sich das Zeichnen bei. Mit seinen Büchern vom kleinen Drachen Kokosnuss, die in viele Sprachen übersetzt sind, eroberte er auf Anhieb die Herzen der jungen LeserInnen. Ingo Siegner lebt als Autor und Illustrator in Hannover.

Alle Kokosnuss-Abenteuer auf einen Blick:

0. Der kleine Drache Kokosnuss reist um die Welt
(groß: 978-3-570-17981-9 und klein: 978-3-570-17980-2)
1. Der kleine Drache Kokosnuss kommt in die Schule (978-3-570-12716-2)
2. Der kleine Drache Kokosnuss – Hab keine Angst! (978-3-570-12806-0)
3. Der kleine Drache Kokosnuss und der große Zauberer (978-3-570-12807-7)
4. Der kleine Drache Kokosnuss und der schwarze Ritter (978-3-570-12808-4)
5. Der kleine Drache Kokosnuss – Schulfest auf dem Feuerfelsen
(978-3-570-12941-8)
6. Der kleine Drache Kokosnuss – Seine ersten Abenteuer
(groß: 978-3-570-17566-8 und klein: 978-3-570-17567-5)
7. Der kleine Drache Kokosnuss feiert Weihnachten
(groß: 978-3-570-17565-1 und klein: 978-3-570-17564-4)
8. Der kleine Drache Kokosnuss und die Wetterhexe (978-3-570-12942-5)
9. Der kleine Drache Kokosnuss und die wilden Piraten (978-3-570-13437-5)
10. Der kleine Drache Kokosnuss im Spukschloss (978-3-570-13039-1)
11. Der kleine Drache Kokosnuss und der Schatz im Dschungel
(978-3-570-13645-4)
12. Der kleine Drache Kokosnuss und das Vampir-Abenteuer
(978-3-570-13702-4)
13. Der kleine Drache Kokosnuss und das Geheimnis der Mumie
(978-3-570-13703-1)
14. Der kleine Drache Kokosnuss und die starken Wikinger
(978-3-570-13704-8)
15. Der kleine Drache Kokosnuss auf der Suche nach Atlantis
(978-3-570-15280-5)

16. Der kleine Drache Kokosnuss bei den Indianern (978-3-570-15281-2)
17. Der kleine Drache Kokosnuss im Weltraum (978-3-570-15283-6)
18. Der kleine Drache Kokosnuss reist in die Steinzeit (978-3-570-15282-9)
19. Der kleine Drache Kokosnuss – Schulausflug ins Abenteuer (978-3-570-15637-7)
20. Der kleine Drache Kokosnuss bei den Dinosauriern (978-3-570-15660-5)
21. Der kleine Drache Kokosnuss und der geheimnisvolle Tempel (978-3-570-15829-6)
22. Der kleine Drache Kokosnuss und die Reise zum Nordpol (978-3-570-15863-0)
23. Der kleine Drache Kokosnuss – Expedition auf dem Nil (978-3-570-15978-1)
24. Der kleine Drache Kokosnuss – Vulkan-Alarm auf der Dracheninsel (978-3-570-17303-9)
25. Der kleine Drache Kokosnuss bei den wilden Tieren (978-3-570-17422-7)
26. Der kleine Drache Kokosnuss und der Zauberschüler (978-3-570-17569-9)
27. Der kleine Drache Kokosnuss bei den Römern (978-3-570-17656-6)
28. Der kleine Drache Kokosnuss und der chinesische Drache (978-3-570-17734-1)
29. Der kleine Drache Kokosnuss und die Drachenprüfung (978-3-570-17829-4)
30. Der kleine Drache Kokosnuss in Australien (978-3-570-17976-5)
31. Der kleine Drache Kokosnuss – Aufregung in der Drachenschule (978-3-570-18068-6)
32. Der kleine Drache Kokosnuss bei den alten Griechen (978-3-570-18143-0)
33. Der kleine Drache Kokosnuss in der Tiefsee (978-3-570-18253-6)

Die Dracheninsel
Hexen-
wald
Große
Wüste
Sieben
Sümpfe